HYPERMNESTRE,

TRAGÉDIE,

PAR Mr. LE MIERRE.

NOUVELLE ÉDITION.

A PARIS,

Chez la veuve Duchesne, Libraire, rue S. Jacques; au-dessous de la Fontaine Saint Benoît, au Temple du Goût.

M. DCC. LXXI.

Avec Approbation & Privilege du Roi.

ACTEURS.

DANAUS.

HYPERMNESTRE, *Fille de Danaus.*

LYNCÉE, *Gendre de Danaus.*

IDAS, } *Confidens de Danaus.*
EGISTE, }

EGINE, *Confidente d'Hypermnestre.*

EROX, *Confident de Lyncée.*

GARDES.

SOLDATS.

PEUPLES D'ARGOS.

La Scene est à Argos, dans le Palais de Danaus.

HYPERMNESTRE,

TRAGÉDIE.

ACTE PREMIER.

SCENE PREMIERE.

HYPERMNESTRE, LYNCÉE.

LYNCÉE.

Enfin, belle Hypermnestre, il luit ce jour heureux,
Où l'hymen dans Argos va couronner nos vœux.
Je tremble cependant, & ma flamme inquiete
Ne me laisse goûter qu'une joie imparfaite.
Trop d'infortune est jointe à ma félicité,
Si je ne dois ici votre main qu'au traité,
Si votre ame à nos nœuds refuse de souscrire,
Et s'irrite ou gémit du bonheur où j'aspire.

HYPERMNESTRE.

Moi, m'alarmer, Seigneur ! Non, mes vœux sont remplis,
Nos peres en ce jour sont enfin réunis.
Le trône de la paix dans Argos ramenée,
S'éleve & s'affermit sur l'autel d'hyménée.

C'est peu du bien public né de ce calme heureux;
Je sçais vous estimer, puis-je craindre nos nœuds?

LYNCÉE.

Quoi! vous auriez, Madame, oublié tant d'alarmes!
Je pourrois à vos yeux ne point coûter de larmes!
Vous ne m'imputez point ce ravage odieux
Que mon bras fut contraint d'exercer en ces lieux!
En vous tyrannisant j'aurois pu trouver grace!
De quelle inquiétude à quel calme je passe!
Ah! si ce même instant, Madame, où votre cœur,
Sans crainte & sans courroux, consent à mon bonheur,
D'un sort plus doux encor étoit l'heureux présage!
Si, quand je vous consacre un éternel hommage,
Plein du plus tendre amour, mon cœur s'osoit flatter
Qu'un jour... Vos yeux craignent sur moi de s'arrêter!
Vous laissez-vous toucher à l'amour de Lyncée?
Hélas! de son espoir seriez-vous offensée?
Ai-je osé trop permettre à mes vœux abusés?
Je vous vois interdite!... Eh quoi! vous vous taisez?

HYPERMNESTRE.

Souvent on cache un feu qu'on avoueroit sans honte.

LYNCÉE.

Hypermnestre!

HYPERMNESTRE.

Seigneur, ah! peut-être trop prompte...
Mais non, vous-même ici venez de m'arracher
L'aveu d'un sentiment que je n'ai pu cacher.
Ma tendresse a paru, mon ame s'est montrée
Toute entiere à vos yeux, se croyant pénétrée:
Je ne m'en repens point.

LYNCÉE.

O Ciel! qu'ai-je entendu!
Dans quel ravissement je reste confondu!
Grands Dieux! à mes transports mon cœur suffit à peine.
Hypermnestre, est-il vrai? quelle bonté soudaine
Vous rend si favorable au plus doux de mes vœux!
Je ne suis point pour vous un objet odieux!

HYPERMNESTRE.

Vous le fûtes, Lyncée ; & cette erreur peut-être,
Nos nœuds, vos sentimens, que j'ai pu mieux connoître,
Ont dû hâter l'aveu qui vient de m'échapper.
Ah ! pardonnez, la haine avoit pu me tromper.
Tout sembloit nous devoir séparer l'un de l'autre :
Mon pere s'étoit vu renversé par le vôtre
Du Trône de Memphis, qu'il devoit partager.
Proscrit, forcé de fuir sous un Ciel étranger,
Une trop juste haine en son cœur fut jurée ;
Par l'excès de l'outrage elle étoit consacrée.
Que dis-je ? Vous veniez avec tous vos soldats
Attaquer Danaus dans ses nouveaux Etats ;
Vous veniez allumer d'une main sanguinaire
Le flambeau d'un hymen que rejettoit mon pere.
Je ne voyois en vous qu'un farouche guerrier,
A tant de violence entraîné le premier.
Jugez si du vainqueur je fuyois l'hyménée,
Moi, plutôt à son char qu'à son lit destinée,
Moi, dont la main étoit le prix de ses excès,
Moi, qu'e[illegible]rimoit la guerre, & qui craignois la paix.
Vous hâtez de nos murs l'assaut inévitable,
Le premier sur la breche, & le plus redoutable.
De vos freres suivi, vous entrez dans Argos :
J'attendois un Tyran, & je vis un Héros.
Je vous vis vertueux, sensible à mes alarmes,
Rougir de vos lauriers, & pleurer sur vos armes ;
Des fureurs de la guerre éclatant désaveu !
A ces généreux traits d'un cœur connu trop peu,
De mes préventions je vis toute l'injure.
Que la haine fait honte au moment qu'on l'abjure !
Et que mon cœur plus juste à votre aspect, Seigneur,
Trop tard désabusé, détesta son erreur !

LYNCÉE.

Ah ! ce seul sentiment de votre ame attendrie,
S'il eût fallu vous perdre, eût consolé ma vie ;
Et je vais être à vous ! Dieux ! j'obtiens en ce jour,
Même après ma fureur, un bien que mon amour

Eût à peine espéré, s'il vous avoit servie;
Et lorsque vous deviez punir ma tyrannie,
C'est peu de consentir à ma félicité,
Je vous dois à vous-même, & non pas au traité.

HYPERMNESTRE.

Je ne m'en défends pas; oui, le Ciel favorable,
M'a fait aimer un nœud qui fut inévitable:
Oui, la nécessité, dont l'inflexible main
Nous tient courbés sous elle avec un joug d'airain,
Qui jette quelquefois dans notre esprit rebelle
Le dégoût d'un destin qu'on eût chéri sans elle;
Ce tyran, sur mes jours n'a qu'un pouvoir heureux,
Il fixe mon bonheur en m'imposant ces nœuds:
J'oublie en les formant qu'Argos se vit forcée;
Elle cede au vainqueur, & je cede à Lyncée.
Mais, hélas! un tel nœud n'est-il que pour nos cœurs?
J'ai vu les noirs ennuis sur le front de nos sœurs.
Que toutes en cédant à des loix nécessaires,
Des yeux dont je vous vois n'ont-elles vu vos freres!
Puisse la haine au moins, respectant leurs liens,
Aux flambeaux de l'hymen ne point joindre les siens!
Dure à jamais ici la paix qui vient de naître!

LYNCÉE.

Qui pourroit la bannir? Vos sœurs font trop connoître,
Par le seul souvenir de nos troubles passés,
Le danger des poisons que la haine a versés.
Quel affreux sentiment, toujours aussi funeste
Au malheureux qui hait, qu'à celui qu'on déteste!
Trop aveugles humains, de maux environnés,
Faut-il être à la haine encore abandonnés?
Ah! du moins écartant la discorde & la guerre,
C'étoit à l'amitié de consoler la terre.
Mais enfin un traité trop saint, trop solemnel,
Sur la breche signé, va l'être sur l'autel;
Et les nœuds de vos sœurs, pour être involontaires,
Seront-ils moins sacrés pour elles, pour nos peres?
Mais voici Danaus.

SCENE II.

DANAUS, HYPERMNESTRE, LYNCÉE, GARDES.

DANAUS.

Mes ordres sont donnés,
Seigneur, & les autels bientôt seront ornés.
D'Egyptus & de moi la querelle est éteinte,
Argos enfin respire, & bannissant la crainte,
Avec impatience elle attend tous ces nœuds
Qui vont m'unir à vous, à mes autres neveux.
Vous vous êtes ouvert ces remparts & ce temple:
J'ai cédé. Mais je veux donner un autre exemple,
Me vaincre; & vous devrez peut-être à cet effort,
Autant qu'à votre bras & qu'aux faveurs du sort.

LYNCÉE.

Ah! Seigneur, doutez-vous que mon ame empressée,
Ne réponde aux bontés dont vous comblez Lyncée?
Hélas! j'aurois voulu ne devoir en ce lieu
Rien au sort de la guerre, & tout à votre aveu.
Je vous parle en mon nom, je parle au nom d'un pere,
Qu'une trop longue haine a séparé d'un frere,
Qui veut aux nœuds du sang rendre tout leur pouvoir:
Qu'aujourd'hui pour jamais le monde puisse voir
L'Inachus & le Nil couler d'intelligence!
Seigneur, vous le voyez, je suis sans défiance;
J'ai renvoyé l'armée avant que le traité,
Ici par son effet ait été cimenté.
Je suis sorti pour vous de l'usage contraire,
De tant de Souverains politique ordinaire.
Une telle prudence est honteuse entre Rois:
Quand l'honneur est garant, il suffit de sa voix;
Et j'ai cru, si la foi de la terre s'exile,
Que c'est aux cœurs des Rois à lui servir d'asyle.

DANAUS.

Seigneur, la défiance est l'effet du mépris.
La haine seule entra dans nos cœurs trop aigris.
Elle irrite bien moins que le soupçon n'offense.
Egyptus vers le Nil retourne en assurance,
Et sans autre ennemi que des voisins jaloux,
Dont il court prévenir ou repousser les coups.
Témoin de nos adieux, vous m'avez vu sincere,
N'osant le retenir, me séparer en frere;
Et vous sçavez pour lui tous les vœux que j'ai faits.

LYNCÉE.

Il vous laisse ses fils.

DANAUS.

C'est combler mes souhaits.
C'est montrer qu'en vos cœurs tout ressentiment cesse.
Cher Lyncée, entre nous que l'amitié renaisse.

LYNCÉE.

Vous voulez voir renaitre un sentiment si doux!
Ah! d'Hypermnestre enfin connoissez donc l'époux.
Seigneur, le sang nous lie, & je suis votre gendre.
C'est peu. J'aime Hypermnestre. A l'amant le plus tendre,
Jugez tout ce qu'inspire à jamais ce grand jour,
L'hymen saint par lui-même, & plus saint par l'amour.
Oui, j'en jure les Dieux, & ma flamme immortelle,
Dans l'univers entier, mon cœur n'eût choisi qu'elle.
De vos mains sans regret vous formez un tel nœud...
Ah! j'en suis plus heureux, l'étant par votre aveu.
Dieux! quel charme pour moi de vous nommer mon pere!
Qu'il est doux de chérir ceux qu'il faut qu'on révere!
Attendez tout, Seigneur, du plus tendre respect.
Non, je ne puis vous être odieux ni suspect.
En accordant sans peine Hypermnestre à ma flamme,
Vous vous êtes acquis trop de droit sur mon ame.
Quoi que je fasse enfin, quand vous comblez mes vœux,
Je paroîtrai sensible, & vous seul généreux.

SCENE

SCENE III.

DANAUS, LYNCÉE, HYPERMNESTRE, IDAS, GARDES.

DANAUS.

EH bien, Idas?

IDAS.

Seigneur, tout eſt prêt dans le Temple;
Le pompeux appareil que le peuple contemple,
Eſt un ſignal de joie & de zele pour eux.
On attend ce ſpectacle auſſi nouveau qu'heureux,
De tant de fils de Rois deſtinés à vos filles,
Prêts d'unir deux Etats, ainſi que deux familles.

DANAUS.

Allez donc les premiers remplir tant de ſouhaits:
Hâtez-vous de paroître à leurs yeux ſatisfaits.
Que vos freres, Seigneur, & que ſes ſœurs vous ſuivent;
Les Grands ſont avertis, qu'avec vous ils arrivent.
Allez tous aux Autels, je m'y rends ſur vos pas.

SCENE IV.

DANAUS, IDAS.

DANAUS.

DEmeure, j'attends tout de ta foi, cher Idas.
Il faut ſervir ton Roi.

IDAS.

Mon ardeur empreſſée,
Vous le ſçavez, Seigneur...

DANAUS.

Tu vois ſortir Lyncée:

De ses freres, de lui, sçais-tu quel est le sort?

IDAS.

Ils vont au Temple.

DANAUS.

Oui; mais du Temple à la mort.

IDAS.

Quoi! Seigneur, ce traité, cette paix qui s'acheve...

DANAUS.

Cette paix dans mon cœur n'est qu'une affreuse treve.
Je veux l'ensanglanter; je veux que ses horreurs
De la guerre aujourd'hui surpassent les fureurs.
Tu connois Egyptus, & nos longues querelles;
Tu vis au bord du Nil ses intrigues cruelles.
Il eut pour lui le peuple: ô fatal souvenir!
De l'Egypte & du Trône il osa me bannir.
Un tel outrage expose à trop d'ignominie:
Ami, l'injure croît tant qu'elle est impunie.
J'ai fui vers l'Inachus, j'ai conquis, j'ai régné,
Sans trouver de repos dans mon cœur indigné,
Ne voyant qu'un perfide, & méditant sa perte;
Enfin l'occasion par lui m'en est offerte.
Assis insolemment au Trône de Memphis,
Pour gendres, c'est à moi qu'il propose ses fils.
Je rejette les nœuds & la paix qu'il présente.
Irrité d'un refus qui trompe son attente,
Il demande à ses fils, ou ma tête, ou ces nœuds;
Il les arme, il les presse, il accourt avec eux;
Et tandis qu'au dehors l'horreur & le carnage
Régnent devant ces murs, qu'ose attaquer sa rage,
Des factions encor le feu plus redouté,
Au sein même d'Argos est par lui fomenté.
Je suis son ennemi, je le suis dès l'enfance;
Il sembloit que mon cœur prévît sa violence.
Tu l'as vu me bannir, tu l'as vu m'assiéger,
J'ai cédé, j'ai promis, mais pour mieux me venger.
Il est parti d'Argos, c'est moi qui lui suscite
L'ennemi dont il craint l'incursion subite.
Sans peine à l'éloigner ainsi j'ai réussi;

Mais je l'écarte, Idas, pour l'accabler ici,
Pour pouvoir, lui cachant ma fureur vengeresse,
Le frapper à loisir dans ses fils qu'il me laisse.
L'hymen n'aura pour eux que funebres flambeaux,
Et leurs lits, cette nuit, vont être leurs tombeaux.

IDAS.

Je frémis à la fois pour eux & pour vous-même.
Eh! pouvez-vous, Seigneur, sans un péril extrême...

DANAUS.

Tu vas être étonné. Je ne puis, cher Idas,
Donner, sans m'exposer, l'ordre de leurs trépas.
La force ouverte ici seroit trop dangereuse,
D'assassins trop nombreux la foi seroit douteuse,
Les traits qu'il faut lancer retomberoient sur moi.
Pour préparer mes coups, pour frapper sans effroi,
J'ai des ressorts plus prompts, j'ai de plus sûres trames;
Contre tous ces époux j'arme en secret leurs femmes.
Eh! quelle joie, Idas! & quel triomphe heureux,
De les livrer aux mains qu'ils forcent à ces nœuds!
Quel plaisir de punir leur audace effrénée,
En renversant sur eux les autels d'hyménée!
D'Egyptus c'est ainsi qu'on me verra vengé,
Et si ce n'est en Roi, c'est en frere outragé.

IDAS.

Mais, Seigneur, à vos vœux si vos filles rebelles
Traversoient vos projets...

DANAUS.

Elles seront fidelles.
Toutes, hors Hypermnestre, ont appris mon dessein,
Embrassent ma vengeance, & m'ont promis leur main.
D'avance à tous ces nœuds leur cœur étoit contraire;
Elles suivront leur haine, autant que ma colere.
Mais connois un projet où tu vas me servir.
Leur haine étoit trop peu pour me les asservir,
Trop peu pour m'assurer de leur obéissance;
Ces préjugés d'hymen trahissant ma vengeance,
Au moment de frapper pouvoient glacer leur main;
Sans vous, leur ai-je dit, un oracle certain

Condamne votre pere à périr par un gendre.
Vous seules du trépas vous pouvez me défendre.
Qui vous donna le jour, doit le tenir de vous :
Choisissez entre un pere & d'odieux époux.
Je leur ai peint ces coups cruels, mais légitimes ;
J'ai plaint leur sort, le mien, & jusqu'à mes victimes:
Enfin, leur ai-je dit, mes jours sont à ce prix.
Alors l'incertitude a quitté leurs esprits,
Et je leur ai soudain distribué sans peine
Tous les poignards vengeurs éguisés par la haine.
D'aucun secret remords loin d'être combattu,
Leur cœur se fait du meurtre un acte de vertu.
Idas, pour rompre ainsi les nœuds de deux familles,
J'ai le peuple à tromper encor plus que mes filles.
Signale ici ton zele : un fourbe sert mes vœux ;
Il m'a vendu sa voix, son honneur & ses Dieux.
Songe à le seconder, & que demain l'on dise,
Danaus s'est vengé ; mais le Ciel l'autorise.
Ce n'est pas sans rougir, qu'aux yeux des nations
Je paroîtrai soumis aux superstitions ;
Mais mon cœur sacrifie aux haines qu'il renferme,
L'orgueil de se montrer moins crédule & plus ferme.
Pour subjuguer le peuple, & pour mieux l'aveugler,
Souvent en apparence il faut lui ressembler.

IDAS.

Seigneur, vous connoîtrez ma prudence & mon zele.
Mais Hypermnestre...

DANAUS.

Ami, je puis compter sur elle,
Le dépit de ses sœurs éclatoit devant moi :
J'ai saisi ces momens pour captiver leur foi.
Hypermnestre plus jeune, à ses nœuds moins contraire,
Baisse un front plus soumis sous un joug nécessaire ;
Mais son respect pour moi, l'exemple de ses sœurs,
Vont la déterminer à servir mes fureurs.
Je venois la chercher quand j'ai trouvé Lyncée :
Il l'aime, il lui parloit de sa flamme insensée.
Ma fille devant moi, muette à cet aveu,

A paru n'écouter, ni condamner son feu.
Mais si je me trompois, si ma fille infidelle,
En un si grand complot m'osoit être rebelle,
Un dernier ennemi ne m'échapperoit pas ;
Je sçaurois les moyens d'assurer son trépas.
Au Temple, où tout est prêt, c'est trop me faire attendre.
Ma fille dans une heure en ce lieu va se rendre,
Eloigne alors Lyncée; & si ton Roi t'est cher,
Que la foudre ne parte, ami, qu'avec l'éclair.

Fin du premier Acte.

ACTE II.

SCENE PREMIERE.

HYPERMNESTRE, EGINE.

EGINE.

AH! pardonnez, Madame, à mon trouble mortel:
Où portez-vous vos pas au sortir de l'Autel?

HYPERMNESTRE.

Mon pere dans ces lieux m'ordonne de l'attendre,
D'un pareil entretien quel effroi peux-tu prendre?

EGINE.

Tout sert à m'alarmer; & mon cœur incertain,
N'ose de votre hymen rendre grace au destin.
J'en conçois malgré moi je ne sçais quels ombrages.
Ne redoutez-vous point de funestes présages?
A peine on a frappé les taureaux palpitans,
Le sang prêt à couler s'est glacé sur leurs flancs.

Des oiseaux consultés l'aile foible & tremblante,
Par un sinistre vol a semé l'épouvante;
De nuages sanglans les airs ont paru teints,
Les flambeaux sur l'autel trois fois se sont éteints;
Dans cet instant encor le feu luit, l'encens fume;
Mais la flamme trop lente à regret le consume;
Et d'accord avec elle, il semble que les vents
Ecartent de l'autel cet odieux encens:
Même on dit qu'on a vu le Dieu de l'hyménée
S'enfuir, le front voilé, loin d'Argos étonnée;
Et laissant craindre ici quelques complots obscurs,
Junon, dans un nuage, abandonner nos murs.

HYPERMNESTRE.

Va, d'aucune frayeur mon ame n'est atteinte;
Va, le peuple a cru voir, il est né pour la crainte.
Le reste s'est offert sous des traits trop douteux,
Pour glacer mes esprits, pour alarmer mes feux.
J'ai peu même observé tout ce qu'on nomme auspice,
J'épousois mon amant, tout m'a paru propice;
Mais quand un nœud moins cher eût engagé ma
Egine, j'aurois vu sans trouble & sans effroi
Ces objets qu'en présage un peuple aveugle érige.
Le hazard à mes yeux ne peut être un prodige.
Je ne fais point l'honneur à notre orgueil jaloux,
D'oser croire aucun ordre interrompu pour nous;
Ni cette injure aux Dieux, de penser qu'ils attachent
A des signes si vains l'avenir qu'ils nous cachent;
Et que la vérité, par leur pouvoir trompeur,
Soit livrée au prestige, & la terre à l'erreur.
Chere Egine, j'ai lu sur le front de mon pere,
J'ai lu la foi, la paix, & l'amitié sincere.
Dans le flanc des taureaux l'œil est trop abusé;
C'est au front des mortels, ouvert ou déguisé,
Que toute vérité se cache ou se présente,
Et qu'on doit de son sort déterminer l'attente.

EGINE.

Puisse ma crainte, hélas! n'être ici qu'une erreur.

HYPERMNESTRE.

Egine, vois plutôt l'excès de mon bonheur.
Tu connois quel destin de tout temps fut le nôtre;
Nous naissons sous un Ciel pour régner sous un autre,
Pour renoncer sans cesse à nos vœux les plus doux:
L'amour & le bonheur semblent fuir loin de nous.
A la cause commune esclaves immolées,
Sur un Trône étranger avec pompe exilées,
De la paix des Etats si nous sommes les nœuds,
Souvent nous payons cher cet honneur malheureux;
Et quand le bien public sur notre hymen se fonde,
Nous perdons le repos que nous donnons au monde.
Le destin pour moi seule en ordonne autrement;
Par la raison d'Etat, je suis à mon amant.
La paix entre mon pere & celui de Lyncée,
Dans Argos, chere Egine, il est vrai, fut forcée.
J'ai craint, je l'avourai, jusqu'au moment heureux,
Où les autels m'ont vue en resserrer les nœuds;
Mais l'hymen achevé, quelle seroit ma crainte?
La paix est dans ces lieux trop solide & trop sainte.
Elle est fondée ailleurs sur des nœuds incertains;
La politique change, & rend les traités vains.
L'hymen ne peut changer. L'hymen stable & sévere,
Imprime à cette paix le même caractere;
Et mon pere fût-il dans sa haine obstiné,
Par nos nœuds qu'il permet, lui-même est enchaîné.
Non, dans cet heureux jour rien n'altere ma joie;
Mon bonheur est certain, tout veut que je le croie.
On s'avance en ces lieux, sans doute c'est le Roi.

EGINE.

Madame, c'est lui-même.

HYPERMNESTRE.

Egine, éloigne-toi.

SCENE II.

DANAUS, HYPERMNESTRE.

HYPERMNESTRE.

Ah! je vous attendois avec impatience,
Mon pere ; vous sçavez si mon obéissance
Est fidelle à remplir jusqu'à vos moindres loix.

DANAUS.

C'est cette obéissance aussi que tu me dois,
C'est ta fidélité qu'aujourd'hui je réclame.

HYPERMNESTRE.

Quoi que mon pere ordonne, il peut tout sur mon ame.
Je rends grace au destin qui comblant mes souhaits,
Entre Egyptus & vous a rétabli la paix.
Ne craignez point, Seigneur, que de votre famille,
Les nœuds que j'ai formés détachent votre fille ;
Vous me verrez soumise, ainsi que mon époux...

DANAUS.

Tu sçais que dans ces lieux tout tomboit sous ses coups,
Quand j'ai pour arrêter son audace effrénée,
Avec cet ennemi conclu ton hyménée.
Lyncée est ton époux, & ses freres vainqueurs,
Comme un bien de conquête, ont obtenu tes sœurs.
Penses-tu qu'un traité né de la violence,
Soit le ferme soutien d'une telle alliance?
Le fer levé sur moi, ma rage y souscrivit ;
La guerre dure encor, quand la haine y survit.
Je pourrois cependant oublier mon injure,
Je céderois peut-être à mon sort sans murmure;
Mais lorsqu'à ces revers ton pere infortuné,
A dû croire qu'au moins son outrage est borné,
De secrets ennemis, de lâches parricides,
Méditent ma ruine.

HYPERMNESTRE.

Eh! qui sont ces perfides?

DANAUS.

DANAUS.

Mes gendres.

HYPERMNESTRE.

Dieux!

DANAUS.

Le Ciel m'éclairant sur mon sort,
M'avertit d'éviter mon trépas par leur mort.

HYPERMNESTRE.

Ciel! ô Ciel!

DANAUS.

Tu frémis?

HYPERMNESTRE.

Malheureuse! ah! qu'entends-je?

DANAUS.

Tu pâlis d'un destin aussi cruel qu'étrange?
Chaque mot, chaque instant ajoute à ton effroi,
La nature te parle, & t'attendrit pour moi.
Plus que moi tu ressens le péril qui me presse;
Je n'ai que trop prévu ton trouble & ta tendresse.
Je reconnois ma fille, ose donc me servir,
Assure-moi le jour qu'on cherche à me ravir:
Je n'ai recours qu'à toi; tu connois la victime,
Prends ce fer, & l'immole.

(Il lui présente un poignard.)

HYPERMNESTRE.

O trahison! ô crime!

DANAUS.

Le crime est prévenu, je suis trop sûr de toi.
Tes sœurs vont m'obéir, toutes s'arment pour moi.

HYPERMNESTRE.

Quoi! mes sœurs? Quoi! leurs bras...

DANAUS.

Elles sortent du Temple
Dans ce dessein. Va, cours, donne ou reçois l'exemple;
Que l'odieux Lyncée expire cette nuit.
Tu détournes les yeux?

HYPERMNESTRE *à part.*

Quelle horreur me saisit!

DANAUS.

Tu te tais? Aurois-tu trompé mes espérances?

HYPERMNESTRE.

Est-ce vous qui parlez?

DANAUS.

Est-ce toi qui balances?

HYPERMNESTRE.

Sur un époux, grands Dieux! oser porter mes coups!

DANAUS.

Quoi! dans mon ennemi tu peux voir un époux?
Le préférer!

HYPERMNESTRE.

Qui? moi! croire servir mon pere
En levant sur Lyncée une main meurtriere!
La nature m'armer contre l'hymen! ah, Dieux!
Je serois à la fois l'opprobre de tous deux.

DANAUS.

Perfide! jusques-là tu trahis ma vengeance!
Avec mes ennemis es-tu d'intelligence?

HYPERMNESTRE.

Ah! daignez imposer à mon cœur abattu,
Des loix que puisse suivre & chérir ma vertu.
Mon pere, bannissez une terreur frivole,
Songez qui vous voulez que votre fille immole;
Ce qu'il faut renverser de loix, de sentimens,
Ce qu'il faut violer de droits & de sermens.
Non, je ne puis fixer les yeux sur de tels crimes.
Quoi! prendre sans pitié vos gendres pour victimes!
Quoi! demander, pour mieux assurer leur trépas...
Non, vous-même, Seigneur, ne vous connoissez pas.
Sans reculer d'horreur me verriez-vous sanglante,
Du flanc de mon époux retirer dégoutante
La main, la même main qu'aux yeux des Immortels
Je lui viens d'engager par des vœux solemnels?
Quel calme attendez-vous de cet affreux carnage?
Pourriez-vous de leur mort souffrir l'horrible image?
Pourriez-vous soutenir mes cruels entretiens,
Mes reproches, mes cris, vos remords & les miens?

Tous ces noms odieux, que dans les pleurs baignée,
Je vous verrois donner par la terre indignée ?
C'est vous servir, Seigneur, que vous désobéir;
En vous obéissant, mes sœurs vont vous trahir.
Mon pere, épargnez-leur un repentir horrible.
Aux larmes d'Hypermnestre, à la pitié sensible,
De Lyncée & des siens détournez de tels coups;
Quittez un noir dessein, fatal même pour vous.
Seigneur, au nom des Dieux...

DANAUS.

Eh! ce sont ces Dieux même,
Qui de verser le sang donnent l'ordre supréme.
Leur Ministre a parlé. Non, ce n'est point ma voix,
C'est le Ciel qui commande, il te dicte ses loix.
A ses arrêts sacrés prétends-tu mettre obstacle ?
Veux-tu ma mort? Veux-tu justifier l'oracle?
Veux-tu par ton époux voir mon sang répandu ?

HYPERMNESTRE.

Non, c'est trop m'opposer un devoir prétendu,
Un péril supposé par un oracle impie.
Si quelque vrai danger menaçoit votre vie,
J'en atteste le Ciel qui préside à nos jours,
Mon pere me verroit voler à son secours,
A travers mille morts courir pour le défendre;
Heureuse que pour lui mon sang pût se répandre!
Mais où sont vos dangers, & quel est votre effroi ?
Quand un Prêtre a parlé, tremblez-vous sur sa foi ?
Cette inspiration que son visage a feinte,
Ces cheveux hérissés d'une horreur qu'on croit sainte,
Ces regards égarés, ces sons de voix plus lents,
Peuvent-ils imposer un moment à vos sens ?
Avez-vous vu sur lui la vérité descendre?
Danaus, a-t-il dit, périra par un gendre.
D'où le sçait-il? Ce fourbe a-t-il le droit affreux
De rendre l'un coupable, & l'autre malheureux ?
La vertu de Lyncée, inébranlable & pure,
Doit porter dans votre ame un jour qui la rassure.
Il sera tel toujours qu'il se montre aujourd'hui,

Il est sûr de son cœur, l'avenir est à lui.
Eh ! quel seroit, grands Dieux ! notre sort déplorable,
Si vous forciez notre ame à devenir coupable ?
Si la vertu n'étoit qu'un don mal assuré,
Que le Ciel nous laissât ou reprît à son gré ?
Si tel étoit le sort des mortels qu'elle anime,
De vivre en frémissant dans l'attente du crime ?

DANAUS.

J'ai pitié des erreurs où ton cœur est livré,
Tu t'égares toi-même, & me crois égaré ;
Et tu ne songes pas que ta bouche profane
Offense, en m'irritant, les Dieux dans leur organe.
Tu méconnois l'avis que les Dieux ont dicté :
Crois-tu l'anéantir par l'incrédulité ?
N'a-t-on pas vu cent fois la mort ou les disgraces,
Des oracles trop vrais confirmer les menaces ?

HYPERMNESTRE.

Ah ! Seigneur, si jamais un oracle fut faux,
C'est lorsqu'il rend suspect un grand cœur, un Héros :
Si l'on vit s'accomplir plus d'un sinistre oracle,
L'image du malheur, l'ardeur d'y mettre obstacle,
L'effroi, le trouble aveugle, une autre illusion,
Créa l'événement pour la prédiction.
Non, non, n'en doutez point, sans la foiblesse humaine,
Et toujours curieuse, & toujours incertaine,
Ces oracles menteurs languiroient sans crédit ;
La foiblesse consulte, & la crainte accomplit.
C'est trop vous arrêter. Qu'il paroisse à ma vue
Ce fourbe, dont la langue au mensonge vendue,
Veut, en prenant sur vous ce funeste ascendant,
Paroître vous servir en vous intimidant ;
Qui fait sortir ici la haine de ses cendres,
Qui veut par le beau-pere assassiner les gendres,
Qui vous croit pour les perdre assez foible & cruel,
Qui supposant le crime, est lui seul criminel.
Oui, je le confondrai. Craignez, mais de le croire,

Mais de suivre un dessein qui souille votre gloire,
Mais d'armer contre vous, par tant de cruautés,
Et la nature entiere, & les Dieux irrités.

DANAUS.

C'est trop de résistance, & ma bonté se lasse ;
L'amour, je le vois trop, te porte à tant d'audace.
Ce lâche amour lui seul t'a rendue à la fois,
Dénaturée, impie, & rebelle à mes loix.
C'est assez, tes refus m'ont dicté ma conduite ;
Il te tarde déjà que ton pere te quitte.
Tu brûles de sauver un proscrit odieux ;
Mais on va t'observer, j'aurai par-tout les yeux.
Je sçais ce que je dois ordonner de Lyncée :
Tremble pour lui, pour toi, crains ta flamme insensée ;
Redoute d'autant plus mon courroux inquiet,
Que je t'ai vainement confié mon secret...
Ecoute, je conserve un reste d'indulgence ;
Tout libre qu'est Lyncée, il est en ma puissance.
Tu me désobéis sans sauver ton époux :
Tu peux fléchir encor ma colere, résous ;
Je te laisse y penser.

SCENE III.

HYPERMNESTRE.

A Quelle horreur livrée,
Me vois-je en un moment d'abymes entourée !
Quel étrange destin, quelle soudaine erreur,
A jetté dans son sein le trouble & la fureur !
Pere barbare ! il faut qu'Hypermnestre te craigne,
Te condamne, t'offense, & te brave & te plaigne.
Malheureuse ! du sort j'épuise tous les coups.
J'irrite un pere, ô Ciel ! & je perds un époux...
Non, il vivra. Que dis-je ? ô poursuite ennemie !
Dieux ! à qui confier ma douleur & sa vie ?

Que deviens-je au milieu des coups qu'on va porter?
Mais, quoi! je délibere, & je dois tout tenter!
On trame, cher Lyncée, on hâte ta ruine;
Si je tarde un moment, c'est moi qui t'assassine.

Fin du second Acte.

ACTE III.

SCENE PREMIERE.

(Le Théatre est dans la nuit.)

LYNCÉE.

QUoi! du pied des Autels!.... Quelle est donc cette fuite?
Quel noir pressentiment me saisit & m'agite!
Je cherche sa retraite, on arrête mes pas;
J'interroge, on hésite, on ne me répond pas:
Ici tout m'est suspect, & je le suis moi-même.
On m'observe, on me fuit. Quel affreux stratagême!
Ciel!... Erox m'avoit dit qu'elle étoit en ces lieux,
Le Roi l'entretenoit. Quel soin mystérieux!...
Veut-on me l'enlever? Je frémis. Roi barbare,
Me l'enlever! ô Dienx! plutôt qu'on m'en sépare,
Périsse Danaus, tombent ces murs affreux,
Où l'on rompt les traités, où l'on trahit mes feux.
Danaus me trahit! Non, je ne le puis croire;
Non, il n'a pu former une trame si noire.
Saints nœuds, sermens sacrés, seriez-vous superflus?
Sortez, honteux soupçons, de mon esprit confus:
C'est trop m'abandonner au trouble qui m'agite.
Mais qui s'avance ici? Quelle alarme subite!

SCENE II.

LYNCÉE, EROX.

EROX *au fond du Théatre.*
AH, Dieux !
LYNCÉE.
Qu'entends-je ! Erox ?
EROX.
Seigneur, ah ! quelle horreur !
Vos freres ont péri.
LYNCÉE.
Mes freres !
EROX.
Tous, Seigneur,
Par l'ordre du tyran, par la main de leurs femmes.
LYNCÉE.
O Dieux ! qu'ai-je entendu ! quelles affreuses trames !
EROX.
Le lit de l'hyménée est l'autel de la mort.
Au bruit qui se répand d'un si funeste sort,
Je frémis & j'accours. Dans son sang chacun nage ;
L'un jette un cri plaintif, l'autre un soupir de rage ;
Celui-ci se releve, & retombe expirant,
Cet autre est étendu le poignard dans le flanc ;
Un seul presque échappé de ce carnage impie,
Traînoit d'un pas tremblant les restes de sa vie.
Je vole à son secours ; mais sa femme en fureur,
L'entend, court, me devance, & lui perce le cœur.
Il tombe, il reconnoît son épouse homicide,
Pleure, & d'un œil mourant suit encor la perfide.
Toutes courent en foule à leur pere inhumain,
L'entourent, le poignard fume encor dans leur main.
Le tyran les embrasse, applaudit à leurs crimes ;
Lui-même impatient de compter ses victimes,

Il accourt, il repaît ses yeux étincellans,
Du spectacle cruel de tant de corps sanglans.
On dit que sa fureur d'un oracle s'appuie.
Venez, suivez mes pas, trompez sa perfidie,
Fuyez; de votre sang un barbare altéré...

LYNCÉE.

Ami, c'en est assez; ce bras désespéré...

EROX.

Où courez-vous, Seigneur?

LYNCÉE *à part*.

(*haut*.) Tu ne jouiras gueres...
Où je cours, cher Erox?... Je cours venger mes freres;
Venger mon pere, moi, l'hymen, l'humanité,
Les Dieux, la foi trahie, & l'hospitalité,
Tout ce qui fut sacré, tout ce qu'un monstre outrage.
Oui, tyran, contre toi tu m'as donné ta rage;
J'en ai besoin: frémis... Que j'aurai du plaisir!
Je vais dans ton vil sang me baigner à loisir;
Et t'arrachant ce cœur né pour la barbarie,
Te rendre tous les coups qu'ordonna ta furie.

EROX.

Dans un danger certain c'est trop vous engager.
Vous périssez, Seigneur; fuyez pour vous venger.
Eh! que pouvez-vous seul dans ce Palais funeste?
Vos freres ne sont plus.

LYNCÉE.

Mon désespoir me reste.
Ma fureur ne peut craindre un tyran odieux,
Et pour moi, contre lui, j'ai ce fer & les Dieux.

EROX.

Songez dans quel abyme une rage si vive...

LYNCÉE.

N'arrête point mes pas.

EROX.

Souffrez que je vous suive.

SCENE III.

HYPERMNESTRE *tenant un poignard d'une main; & une lampe de l'autre;* LYNCÉE, EROX.

LYNCÉE *reculant avec un étonnement mêlé d'horreur.*

Ciel! que vois-je! Hypermnestre un poignard à
la main!
Dieux! viendroit-elle aussi pour me percer le sein,
Pour rejoindre Lyncée à ses malheureux freres?

HYPERMNESTRE.

Je cherche ici Lyncée.

LYNCÉE *désespéré.*

Acheve mes miseres;
Ose trancher mes jours.

HYPERMNESTRE *jettant le poignard.*

Je viens pour te sauver.
Quels soupçons! que d'horreurs! Dieux! c'est trop
m'éprouver.
(*précipitamment.*)
Pour défendre tes jours, j'ai sçu tromper mon pere.
Oui, j'ai pris dans sa main ce fer, dont sa colere
Alloit sur mon refus armer un autre bras.
Quitte ces lieux cruels, où l'on veut ton trépas.
A promettre ta mort j'ai pu forcer ma bouche,
Juge si ton danger m'épouvante & me touche.
Fuis, hâte-toi.

LYNCÉE.

Pardonne un instant de fureur
A ce cœur abymé dans l'excès du malheur.

HYPERMNESTRE *rapidement.*

Fuis, dis-je, on veut ta mort. Saisis pour t'en défendre,
Les instans qu'on me laisse ici pour te surprendre:
Le Roi, dans ce dessein, s'est éloigné de moi.
Vers ces murs une issue est ouverte pour toi,
Cours. Je n'ai, cher Lyncée, à tant de maux réduite,

D'espoir que dans la nuit, & de bien que ta fuite.

LYNCÉE *avec impétuosité & fureur.*

Moi, que je fuie! ô Ciel! que me proposes-tu?
Peux-tu dans ces momens soupçonner ma vertu?
Quoi! d'horreurs entouré sous ces lambris profanes,
De mes freres sanglans j'entends gémir les manes;
Ici dans tous les miens je me vois égorger,
Et je les trahirois! Non, je cours les venger.

HYPERMNESTRE.

Les venger! & sur qui?

LYNCÉE.

L'ignores-tu?

HYPERMNESTRE *avec horreur.*

Barbare!
Quoi, sur mon pere! Ciel! quelle rage t'égare!
Toi, mon époux, son gendre... Ah, Dieux!

LYNCÉE *furieux.*

Oui, c'est sur lui,
Sur lui-même, ou je suis son complice aujourd'hui.
J'irois jusqu'aux enfers, dans ma fureur extrême,
L'arracher aux tourmens, pour me venger moi-même.
Laisse-moi.

HYPERMNESTRE *tombant aux pieds de son mari, les bras tendus vers lui, tandis qu'il tombe lui-même dans les bras d'Erox, accablé de la douleur de sa femme & de sa propre fureur.*

Ciel! arrête, & vois mon juste effroi:
Je tombe à tes genoux pour un pere & pour toi.

LYNCÉE *relevant sa femme.*

Tu trembles, tu pâlis: je succombe à tes larmes;
Je vois en frémissant tes mortelles alarmes.
Quoi! ce lâche tyran, cet infame assassin,
Ce monstre, impunément m'aura percé le sein?
Je reprends ma fureur, cesse de le défendre.
Tu m'arrêtes, cruelle!

HYPERMNESTRE.

Ah, Dieux!

LYNCÉE.

Je vais l'attendre.

(Précipitamment, de maniere qu'Hypermnestre ne puisse pas l'interrompre.)

Le perfide ! abuser des sermens solemnels,
Verser le sang des miens à l'ombre des Autels,
Briser les plus saints nœuds qu'il a formé lui-même ;
Faire servir le Ciel à son noir stratagême !
Eh ! ne vas point d'un traître, excusant les fureurs,
M'opposer un oracle, & de vaines terreurs.
Au milieu des forfaits que ce monstre accumule,
Il ne fut ni craintif, ni foible, ni crédule.
Il est fourbe & féroce, il est né pour haïr ;
Pour ordonner le crime, il eut l'art de trahir.
Il se consulta seul dans les horreurs qu'il ose,
L'oracle est le prétexte, & sa haine est la cause.

HYPERMNESTRE *rapidement.*

Non, ne lui prête point cet excès de fureur,
L'oracle l'épouvante, & j'ai vu sa frayeur.
Avec moi jusques-là mon pere n'a pu feindre ;
Même, en le haïssant, c'est à toi de le plaindre.
Daigne au moins l'éviter.

LYNCÉE *toujours avec impétuosité.*

Non, je n'écoute rien ;
Il faut que son sang coule, ou qu'il verse le mien.
De ses noirs attentats l'horreur est découverte ;
Tous les perfides soins qu'il prendroit pour ma perte,
Sa garde, ses soldats, rien ne peut m'ébranler ;
Même lorsqu'il peut tout, c'est au crime à trembler.

HYPERMNESTRE *hors d'elle.*

Je ne me connois plus. . . . Quoi ! craindre en ma misere,
Le pere pour l'époux, & l'époux pour le pere !
Entre quels ennemis suis-je placée ? Eh quoi !
N'aurai-je pu fléchir ni mon pere, ni toi ?
Toi, t'exposer, te perdre ! Ah ! puis-je te survivre ?
Toi, massacrer mon pere !... Eh ! pourrois-je te suivre ?
Voir entrer dans mon lit un parricide époux !

(Plus rapidement.)

Mais je perds trop de temps à calmer ton courroux ;
J'oublie, en te parlant, ton danger que j'augmente.

Cruel! vois à quel sort tu réduis ton amante.
Je meurs, si tu péris par un pere inhumain;
Mais je renonce à toi, s'il périt par ta main,
Si tu ne pars.

LYNCÉE *éperdue*.

O Dieux! ah, quelle violence!
Ote-moi donc ma haine, en m'ôtant ma vengeance;
Rends-moi les miens, cruelle; au moins étouffe en moi
Leurs lamentables cris, que je trahis pour toi.

SCENE IV.

HYPERMNESTRE, LYNCÉE, EGINE.

EGINE *précipitamment*.

AH! Madame.... Ah! Seigneur, vous dans ces lieux encore!
Précipitez vos pas.

HYPERMNESTRE.

Sauve ce que j'adore.
Adieu.

LYNCÉE.

Nous séparer! viens sous un ciel plus doux;
Tu ne fuis qu'un tyran, & tu suis ton époux.

EGINE *toujours rapidement*.

J'ai vu le Roi pensif, impatient: je tremble.

HYPERMNESTRE.

C'est un nouveau danger que d'oser fuir ensemble;
Je sçaurai te rejoindre, & t'en donne ma foi.
Quitte sans moi ces lieux, tu n'y crains rien pour moi.
J'y dois rester encor pour assurer ta fuite;
Je dois, trompant le Roi, retarder ta poursuite.
Adieu. Veux-tu te perdre? Ah! cher époux, va, cours;
Je meurs, s'il faut trembler plus long-temps pour tes jours.

LYNCÉE.

Eh bien, je pars; je cede, & je le dois peut-être;
Peut-être ici ma rage échoueroit contre un traître.

Je puis rejoindre encor mon pere & nos soldats.
Je pars; mais je revole avec eux sur mes pas.
Mais je reviens ici, sous des Dieux moins contraires,
T'enlever, perdre un monstre, & venger tous mes freres.

SCENE V.

HYPERMNESTRE, EGINE.

HYPERMNESTRE.

EGine, ah! que je crains qu'il ne parte trop tard!
On ne t'observe point, quitte-moi, vois s'il part:
Que le fidele Erox le conduise & l'entraîne.
Cours, les momens sont chers.

SCENE VI.

HYPERMNESTRE *seule.*

AH! je respire à peine.
Grands Dieux, veillez sur lui, rassurez mon amour;
Epaississez la nuit, & retardez le jour.
Ces murs, théâtre affreux de malheurs & de crimes,
Ne regorgent que trop de sanglantes victimes:
Eloignez Danaus dans ce moment d'effroi.
O cher Lyncée! ... O Ciel! si surpris par le Roi,
Si, passant par des lieux teints du sang de ses freres,
A ce spectacle horrible, oubliant mes prieres,
Lui-même il s'élançoit au devant du danger!
Je frissonne... le Roi... que dois-je en présager!
Je n'ose aller vers lui... je frémis de l'attendre.
Mais quels accens au loin semblent se faire entendre?
Porteroit-on les coups que j'ai cru détournés?
Mes yeux sont obscurcis... mes pas sont enchaînés...
Tous mes sens sont glacés. Où suis-je? un glaive brille!

Arrête, Roi cruel, prends pitié de ta fille:
Mes cris hâtent le coup! ... Dieux, qu'est-ce que je voi?
Cher époux, ton sang coule, il réjaillit sur moi.
Je me meurs.

SCENE VII.

HYPERMNESTRE, DANAUS, IDAS, GARDES *portant des flambeaux.*

DANAUS *dans le fond du Théatre, à Idas.*

AVançons, j'entends sa voix; c'est elle:
Je vois à ses sanglots que son bras m'est fidelle.
Elle reste immobile, & ses sens oppressés
Demeurent suspendus, par la douleur glacés.
(Il s'approche d'Hypermnestre.)
Hypermnestre, réponds: suis-je obéi?

HYPERMNESTRE *égarée, restant assise.*

Mon pere...
Vous voyez... c'en est fait... ô douleur trop amere!...
Je me suis séparée... Avez-vous pu vouloir...
J'ai perdu mon époux... je suis au désespoir.
Sort fatal! nuit d'horreurs! oracle affreux!

DANAUS.

Va, cesse
D'abandonner ton cœur au remords qui le presse.
Tu viens de m'assurer le repos & le jour,
Tu m'as prouvé ta foi, ton zele & ton amour.
Tu m'osois résist[illegible] & trahir ma famille;
Je ne m'en souviens plus, tu redeviens ma fille.
(Hypermnestre se leve.)
Oublie au sein d'un pere un mortel odieux,
Que tu n'as immolé que par l'ordre des Dieux.
Tu frémis dans mes bras? D'un vain regret saisie,
Te repens-tu du soin que tu prends de ma vie?

Ne regarde qu'un pere, imite en tout tes sœurs.

HYPERMNESTRE.

Ces momens sont affreux, pardonnez à mes pleurs ;
Je ne puis retenir ma douleur & ma plainte.
(*à part.*) (*à Danaus.*)
Je crains de me trahir. De tant de maux atteinte,
Souffrez du moins, Seigneur, que j'aille loin de vous
Renfermer mes regrets, & pleurer mon époux.

SCENE VIII.

DANAUS, IDAS.

DANAUS.

OUi, de ce dernier coup ma haine étoit jalouse ;
Il falloit qu'il périt de la main d'une épouse.
Cet accord d'Hypermnestre avec toutes ses sœurs,
Comme un arrêt du Ciel consacre mes fureurs.
Mais c'est peu que ses pleurs m'assurent de son crime ;
Pour me croire vengé, je veux voir ma victime.

SCENE IX.

DANAUS, IDAS, EGISTE.

EGISTE *arrivant avec précipitation.*

SEigneur, on vous trahit, Lyncée est échappé.

DANAUS.

Lyncée ! ô Ciel ! Lyncée !

EGISTE.

Oui, vous étiez trompé.
Erox, en ces momens, hors de ces murs le guide.

DANAUS.

Insensé ! qu'ai-je fait ! ô sort ! ah, la perfide !
Suis-moi. Courons, Idas, réparer mon erreur.
Que cette même nuit le rende à ma fureur.

Fin du troisieme Acte.

ACTE IV.

SCENE PREMIERE.

(Le Théatre est toujours dans la nuit.)

HYPERMNESTRE, EGINE.

HYPERMNESTRE.

EH bien, est-il parti ? Faut-il que je respire,
Chere Egine?

EGINE.

Oui, Madame; Erox l'a sçu conduire
Hors de ces lieux cruels par de secrets chemins.

HYPERMNESTRE.

Ah ! je redoute encor mon pere & ses desseins.
Egine, il crie aux siens d'une voix formidable,
» Je suis trompé, trahi ; qu'on cherche le coupable. »
Il veut son sang ; il court, de cette soif pressé,
D'autant plus furieux, qu'il le croyoit versé,
Qu'il voit que dans ces lieux toute recherche est vaine ;
Et peut-être déjà quelque troupe inhumaine...

EGINE.

Bannissez cet effroi, la nuit sert vos souhaits.
J'ai sçu, prompte à servir de si chers intérêts,
A déguiser son nom résoudre son courage,
Pour mieux tromper le Roi, pour égarer sa rage :
J'ai même à votre époux, dans cet affreux exil,
Ménagé hors d'Argos, & loin de tout péril,
Un réfuge assuré que le Soldat ignore ;
Lyncée y préviendra le retour de l'aurore.
N'en doutez point, Madame, il est en sûreté.

HYPERMNESTRE.

HYPERMNESTRE.

Ah! tu rends quelque calme à mon cœur agité.
Je le perds; mais il vit, je sens moins ma misere:
On se fait, chere Egine, en un sort si contraire,
D'une moindre infortune une ombre de bonheur.

EGINE.

Je ne crains que pour vous votre pere en fureur;
Vous pardonnera-t-il cet heureux artifice,
Qui soustrait sa victime à sa noire injustice,
Et malgré tant de morts, lui rendant ses terreurs;
Ravit à ses desseins le fruit de tant d'horreurs?
En quels cruels transports va s'exhaler sa rage!
Et comment loin de vous détourner cet orage?
Quel sera votre asyle à cet affreux moment?

HYPERMNESTRE.

Je n'ai point cru sauver Lyncée impunément.
J'ai dû tromper mon pere. Ah! qu'il me persécute;
Je crains moins son courroux, m'y voyant seule en butte.

EGINE.

Qu'entends-je? je frissonne. Il s'avance en ces lieux;
Fuyez encor sa vue, il entre furieux.

SCENE II.

HYPERMNESTRE, DANAUS, EGINE, GARDES *portant des flambeaux.*

DANAUS.

ARrête, ingrate, arrête.

EGINE.

O rigueur inhumaine!

DANAUS.

Gardes, obéissez, qu'elle-même on l'enchaîne.
Vous, tandis que Lyncée est cherché hors des murs,
Volez, suivez d'Argos tous les détours obscurs;

Et vous, de l'Inachus parcourez les rivages,
Observez les chemins & les secrets passages.
Hâtez-vous ; sur vos soins mon salut est fondé,
Toujours pour mon repos vous aurez trop tardé.
(*Les Gardes sortent.*)
Perfide, je te dois ces alarmes funestes.
Tu sauves un proscrit, c'est moi que tu détestes.
Mes projets, mes périls, mon courroux, mon effroi,
Et les avis des Dieux sont méprisés par toi.
Tu me désobéis ; c'est peu de cette injure,
Je me vois le jouet de ta lâche imposture.
Tu me promets le sang dont je dois m'abreuver,
Tu cours vers ma victime, & c'est pour la sauver.
Peut-être à ce perfide as-tu promis ma tête,
Et tu m'assassinois sans ce bras qui t'arrête.

HYPERMNESTRE.

Vous me faites frémir par ces discours affreux :
D'un forfait inoui nous soupçonner tous deux !
Quoi ! vous m'imputeriez.... Quoi ! vous auriez pu croire...
Ah, Dieux !... Prenez ma vie, & laissez-moi ma gloire.

DANAUS.

Elle étoit d'obéir sans rien examiner,
Non de juger ton pere, & de l'abandonner.
Si je te commandois un meurtre illégitime,
Moi seul devant les Dieux j'étois chargé du crime.
Tu m'as osé trahir, crains un pere irrité,
Crains la peine qu'il doit à l'infidélité.
Parmi mes ennemis faut-il que je te compte ?
Tranquille en ma présence, infidelle sans honte,
Loin du juste remords que tu dois ressentir,
Ne sçais-tu que tromper, & non te repentir ?

HYPERMNESTRE.

Me repentir ! eh, quoi ! d'une trop juste crainte ?
D'un artifice même où vous m'avez contrainte ?
Me repentir, ô Dieux ! lorsque j'ai préféré
A de si noirs forfaits un devoir si sacré ?

Moi, mériter qu'un jour, avec mes sœurs cruelles,
L'univers me confonde en son horreur pour elles;
Et maudissant mon nom sans cesse avec le leur,
Dise: Hypermnestre aux fers a souillé son malheur;
Par un lâche retour elle s'est démentie,
Elle a sauvé Lyncée, & s'en est repentie.
Non, ne l'espérez pas; non, dans ce jour d'effroi;
Les reproches du cœur ne sont pas faits pour moi.
Non, ce n'est qu'à mes sœurs d'être en proie aux furies,
Aux remords dévorans, vautours des cœurs impies.
Peuvent-elles goûter un instant de repos,
Elles de leurs époux exécrables bourreaux,
Elles de qui la main meurtriere & parjure,
A fait rougir l'hymen, & frémir la nature?
Je crois voir chaque époux plaintif, pâle & sanglant,
S'offrir les nuits en songe à leur esprit tremblant.
Je les vois se lever, fuir ces objets funebres;
Mais les spectres les suivre à travers les ténebres,
Les suivre avec le fer que leurs bras forcénés
Ont plongé dans le flanc de tant d'infortunés.
Pour moi, mon seul tourment est la haine d'un pere;
Je souffre d'exciter malgré moi sa colere.
Mais punissant sur moi cet époux que je sers,
Dussiez-vous resserrer, appesantir mes fers,
Me prescrire l'exil, ordonner mon supplice,
L'exil, les fers, la mort, n'ont rien dont je frémisse:
Quand je sauve un époux, quand j'ai dû le servir,
Rien ne peut m'arracher même un feint repentir.

DANAUS.

Rebelle! quand ta main m'a refusé sa tête,
Oses-tu bien encor... Je ne sçais qui m'arrête.
Téméraire! oses-tu jusques-là devant moi
Insulter à tes sœurs qui m'ont gardé leur foi?
Et, dans la passion dont s'aveugle ton ame,
Me vanter ta vertu, qui n'est rien que ta flamme?

HYPERMNESTRE.

Ma flamme!... Ah! l'honneur seul dans mon cœur
aujourd'hui,

De Lyncée en danger auroit été l'appui.
Mais de ce que j'ai fait, quoi que mon cœur m'avoue,
Je ne m'applaudis point, ni ne veux qu'on me loue.
J'ai dû servir l'hymen, mes sœurs l'ont profané,
C'est de leur crime seul qu'on doit être étonné.
Je me suis plainte au Ciel, au Ciel inexorable,
Qui m'imposoit la loi de paroître coupable.
J'ai rougi qu'il fallût feindre de m'abreuver
De ce sang malheureux que je courois sauver.
J'ai rougi d'employer contre vous l'artifice,
De mes sœurs j'ai craint d'être un instant la complice.
Je hais trop leur fureur pour me la déguiser;
Je ne puis que les plaindre, & non les excuser.

SCENE III.

DANAUS, HYPERMNESTRE, IDAS.

IDAS.

ON a couru par-tout dans Argos, hors la ville,
La recherche, Seigneur, est encore inutile.
Vous le dirai-je? Argos n'a vu qu'en murmurant,
Jusques dans ses foyers le satellite errant.
Peut-être sur la mer qui vit périr Egée,
Sa barque vole au loin, par les vents protégée;
Peut-être en nos murs même un asyle secret,
A l'œil qui le poursuit le cache & le soustrait.
Lorsqu'aux rayons du jour la nuit aura fait place,
On pourra du proscrit mieux découvrir la trace.
De vos autres Soldats on attend le retour.

DANAUS.

Sors, & viens m'avertir.

HYPERMNESTRE *à part*.

Dieux! servez mon amour.

SCENE IV.

HYPERMNESTRE, DANAUS.

DANAUS.

TOn espoir infidele augmente avec mon trouble.
Tremble d'oser braver un courroux qui redouble.

HYPERMNESTRE *à part.*

Oui, je me flatte encor...

(Ici le jour commence à paroître.)

SCENE V.

LYNCÉE *enchaîné*, HYPERMNESTRE; DANAUS, GARDES, SOLDATS.

HYPERMNESTRE *se retournant au bruit, & désespérée.*

Ciel! quelle horreur me suit!

LYNCÉE *éperdu.* *(aux Gardes.)*

Dieux! que vois-je? Ah, cruels! où m'avez-vous conduit?

HYPERMNESTRE.

Lyncée! ah, malheureux! coup affreux qui m'accable!
Cher époux!

LYNCÉE *à Hypermnestre.*

Toi, des fers!... Tyran impitoyable!

DANAUS.

As-tu cru m'échapper, tromper, braver un Roi?

LYNCÉE.

As-tu cru que je fusse aussi lâche que toi?

Que timide témoin du trépas de mes freres,
Par ta fureur livrés à des mains meurtrieres,
Quand par flots jusqu'à moi j'ai vu leur sang couler,
Mon dessein fût de fuir?... Il fut de t'immoler.
J'y courois. Hypermnestre en pleurs, sur mon passage,
A retenu mon bras, t'a sauvé de ma rage.
Tu ne dois qu'à ses cris, tu ne dois qu'à ses pleurs,
La lumiere du jour souillé par tes fureurs;
Et lorsque son secours t'arrache à ma vengeance,
Les fers, la mort peut-être en est la récompense!...
Ah, Dieux!... non, sans mourir je ne puis y penser.
Tyran!... c'est dans tes mains que j'ai pu la laisser!
C'est moi, c'est par tes coups, son époux qui l'opprime.

(*se retournant vers Hypermnestre.*)

Quel prix de ta vertu!

DANAUS.

Tu vis, voilà son crime.

LYNCÉE.

Voici mon sein, cruel, frappe; que tardes-tu?
Frappe, délivre-la; va, ce coup m'est bien dû.
Je t'ai laissé le jour, j'ai livré mon amante,
J'ai voulu ton trépas, rends ta rage contente:
Frappe, dis-je; ôte-moi ce spectacle d'horreur,
De mon épouse aux fers, & d'un tigre en fureur.

DANAUS.

Que tu vas payer cher ton insolente rage!
C'est trop peu de ce fer pour venger mon outrage.
Tu voulois mon trépas: de ce coupable vœu
Toi-même devant moi viens de faire l'aveu.
Tu confirmes ici, par ta fureur ouverte,
Les oracles des Dieux qui demandoient ta perte.
Ma haine à mes sujets doit compte de ta mort;
C'est au supplice seul à terminer son sort.
Holà, Gardes!

HYPERMNESTRE.

Mon pere!...

LYNCÉE.

Imposteur exécrable;

Tu veux que je paroisse un vil traître, un coupable.
Ah, perfide !

DANAUS.

Soldats, qu'on l'entraîne.

HYPERMNESTRE *se jettant au devant des Soldats.*

Arrêtez,
Barbares. Que d'horreurs ! quelles extrémités !
Où me réduisez-vous ? Tout mon cœur se déchire.
Ah ! s'il vous faut du sang, qu'il vive, & que j'expire.
Hélas ! de tous les siens en apprenant le sort,
Lyncée étoit en proie au plus affreux transport ;
Sa rage d'aucun frein ne sembloit retenue.
Mais, Seigneur, quand il vit son épouse éperdue,
Combattre par des pleurs son courroux trop aigri,
Quand il me vit trembler, il en fut attendri.
Tout plein de son injure, il promit à mes larmes
De n'oser se venger que par le sort des armes.
Les larmes d'une épouse arrêtoient son courroux ;
Les mêmes pleurs ici ne pourroient rien sur vous ?
De la pitié Lyncée écoutoit le murmure ;
Il cédoit à l'amour, cédez à la nature.

DANAUS.

Tu m'implores en vain, elle est muette en moi ;
Ma loi, le nom de pere, ont été vains pour toi.
Me venger, te punir, est l'espoir qui me flatte ;
Tu l'aimes, il mourra. C'est perdre trop, ingrate ;
Ma vengeance en menace, & le temps en délais.
Préparez son supplice aux portes du Palais ;
Redoublez son escorte. Allez, qu'on les sépare.

LYNCÉE.

Adieu. Ma mort te laisse au pouvoir d'un barbare ;
Mon supplice est affreux.

HYPERMNESTRE.

Je meurs, si tu péris.

SCENE VI.

DANAUS, IDAS.

DANAUS.

TOi, ne perds point de temps, cours, préviens les esprits.
Répands par-tout le bruit que dans leur perfidie,
Lyncée & tous les siens attentoient à ma vie;
Qu'instruites du complot, mes filles ont pâli;
Que sans elles, l'oracle alloit être accompli.
Qu'Hypermnestre insensible à ma perte annoncée,
Séduite par l'amour, faisoit grace à Lyncée.
De la pitié publique il faut vaincre le cri;
C'est peu de son trépas, que son nom soit flétri.
Après ce que j'ai fait, osons tout par prudence;
Que la raison d'Etat assure ma vengeance.

Fin du quatrieme Acte.

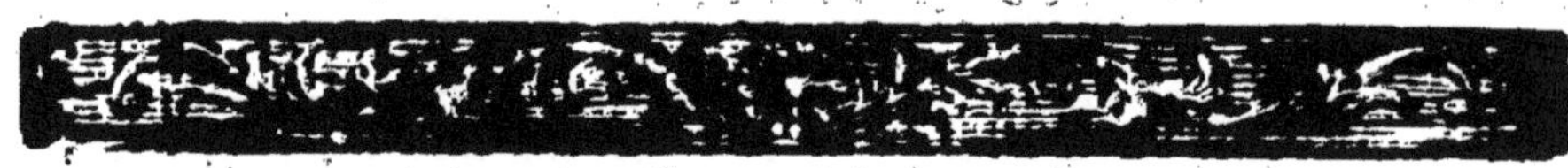

ACTE V.

SCENE PREMIERE.

DANAUS, IDAS.

EH bien, pour son supplice a-t-on tout préparé?

IDAS.

Le bûcher est déjà par le peuple entouré;
Seigneur, Lyncée y monte en ce moment peut-être.

DANAUS.

DANAUS.

C'eſt peu de ſon ſupplice, as-tu ſervi ton maître?
Que produira l'oracle, & ces bruits confirmés,
Que ta voix dans Argos par mon ordre a ſemés?
De quel œil aujourd'hui, ſur l'odieux Lyncée,
Les peuples verront-ils ma vengeance exercée?

IDAS.

Par-tout, Seigneur, mon zele a répandu des bruits,
Dont vous allez connoitre & recueillir les fruits.
On a ſçu que d'Argos préparant la conquête,
Egyptus à ſes fils demanda votre tête,
Et l'on penſe aiſément que vos gendres cruels,
Formoient contre vos jours des complots criminels;
Que de ces attentats le chef ou le complice,
Lyncée eſt en effet trop digne du ſupplice:
D'ailleurs, dit-on, l'oracle exigeoit tant de morts;
Un ſang ſuſpect aux Rois eſt verſé ſans remords:
L'épargner, quand le Ciel l'a montré redoutable,
C'eſt ſe rendre à la fois malheureux & coupable.
Mais quelques-uns, Seigneur, moins ſuperſtitieux,
Oſent plaindre Lyncée, & condamnent les Dieux.

DANAUS.

Que m'importent, Idas, ces diſcours téméraires?
Peu les tiendront: il eſt trop d'eſprits plus vulgaires,
Que même avec peu d'art on trompe en ſûreté.
Combien ſont abſorbés ſous leur ſtupidité,
Ou des vains préjugés eſclaves volontaires,
Se font de leurs erreurs des vertus néceſſaires.
Tout me ſert, cher Idas; l'abſence d'Egyptus,
Des crimes ſuppoſés, d'heureux bruits répandus.
Ah! quel doux ſentiment dans mon cœur ſe déploie!
Lyncée expire, ami, je le ſens à ma joie:
Je ſuis vengé, je ſuis au comble de mes vœux.

IDAS.

A pas précipités on s'avance en ces lieux.
Vous êtes délivré d'une race ennemie.

SCENE II.

DANAUS, IDAS, EGISTE.

DANAUS.

EGiste, hé bien, Lyncée a-t-il perdu la vie?

EGISTE.

Non, Seigneur. La révolte est prête à s'allumer.

DANAUS.

Ciel! eh bien, je sçaurai prévenir ou calmer....

EGISTE.

On murmure, Seigneur, on s'attendrit, on doute
Du crime de Lyncée; & pour vous je redoute
Ces meurtres de la nuit, votre courroux vengeur,
Les amis de Lyncée, & plus encor, Seigneur,
Les fers de votre fille au désespoir livrée,
Devant un peuple ému, dont elle est adorée.
Je tremble d'autant plus, que ce peuple indompté,
A la sédition trop souvent fut porté.
A la pitié qu'il sent, se joint un air farouche,
Le cri de la vengeance est dans plus d'une bouche.
Peut-être si Lyncée avoit déjà paru....
J'ai frémi de ce trouble, & je suis accouru.

DANAUS.

Qu'on m'amene Hypermnestre, allez.

EGISTE.

Et le supplice?
Voulez-vous qu'à l'instant?

DANAUS.

Si je veux qu'il périsse?
Oui, courez, & soudain qu'on l'immole à leurs yeux,
Que son trépas impose à ces séditieux....
Non, ne hazardons rien... Revenez. Qu'il périsse,
Mais aux fers, en secret. Allez, qu'on m'obéisse.
Oui, qu'Argos aujourd'hui, me croyant appaisé,
Nomme clémence en moi ce courroux déguisé.
Et toi, cours, cher Idas, tiens prêtes mes cohortes;
Sur-tout que du Palais on défende les portes.

SCENE III.

DANAUS *seul.*

Quoi ! ce vil peuple ose s'armer contre son Roi !
Quoi ! l'objet du mépris inspire encor l'effroi !
Mais non. J'aurai bientôt arrêté sa furie;
Esclave des objets, sa foiblesse varie,
Au hazard il s'irrite, aveugle en ses efforts,
Et tyran d'un moment, il n'a que des transports.
J'ai cru d'un ennemi, par un coup politique,
Autoriser la perte en la rendant publique;
Mais puisque son supplice excite leur pitié,
Loin de leurs yeux qu'il meure, & qu'il meure oublié.
Qu'il tarde cependant au courroux qu'il m'anime,
Qu'on ait déjà frappé ma derniere victime !

SCENE IV.

HYPERMNESTRE, DANAUS.

HYPERMNESTRE *enchaînée.*

J'Accours à vos genoux, Seigneur; qu'ai-je entendu?
Est-ce un songe ? est-il vrai que tout est suspendu ?
Est-il vrai que votre ame à demi désarmée,
Au cri de ma douleur cesse d'être fermée ?
Quel secourable Dieu, calmant votre courroux,
Veut me rendre à la fois mon pere & mon époux ?...
Mais quoi ! vous rappellez votre fille éperdue,
Et de ses pleurs, hélas ! vous détournez la vue !
Pardonnez ; je frémis, Seigneur, en vous parlant.
Le cœur des malheureux n'espere qu'en tremblant.
Terminez-vous mes maux ? délivrez-vous Lyncée?

DANAUS.

Qu'oses-tu demander à mon ame offensée?
Moi révoquer l'arrêt ! moi suspendre mes coups !

Non, non, il va périr, connois mieux mon courroux.

HYPERMNESTRE.

Il va périr! eh bien, bravez donc ma priere,
Etouffez les remords, & comblez ma miſere;
Mais vous qui menacez, cruel, tremblez pour vous.
Vous brûlez de verſer le ſang de mon époux:
Voyez votre danger en ordonnant qu'il meure;
Vous me l'avez donné, je le perds, je le pleure:
Tout malheureux qu'il eſt, ſans eſpoir, ſans appui,
Peut-être votre ſort dépend encor de lui.
Craignez de l'immoler dans Argos attendrie.
Craignez de ſoulever tout un peuple en furie.
Je dois vous avertir, & lui garder ma foi;
Lyncée eſt mon époux, Lyncée eſt tout pour moi.
Vous n'êtes plus mon Roi, vous n'êtes plus mon pere,
Vous-même en abjurez le ſacré caractere;
Et livrée aux fureurs qu'ici vous exercez,
Si je ſors du reſpect, c'eſt vous qui m'y forcez.

DANAUS.

Qu'entends-je? Ciel! quel bruit! quel tumulte! Perfide,
C'eſt toi, c'eſt ta fureur qui les arme & les guide.

HYPERMNESTRE.

Quels coups vont éclater!

SCENE V.

DANAUS, HYPERMNESTRE, IDAS.

DANAUS.

Eſt-ce toi, cher Idas?
Mes Soldats ſont-ils prêts?

IDAS.

Ils marchent ſur mes pas.

DANAUS.

Fais avancer ma garde, & revole avec elle.

SCENE VI.

HYPERMNESTRE, DANAUS *à la tête du peuple*, EROX, LYNCÉE, IDAS.

LYNCÉE *au peuple.*

Arrêtez un moment, au nom de votre zele :
Je ne veux point, amis, qu'on périsse pour moi.
Erox, veille sur eux, qu'ils soient guidés par toi.
(au Tyran.)
Le Ciel est juste enfin, il m'arrache à ta haine ;
Tyran, tu me vois libre, & ta fureur est vaine.
Ce peuple est soulevé contre tous tes forfaits,
Il a brisé mes fers, il remplit ce Palais.
Bourreau de tous les miens, pour combler mon outrage,
Mon épouse est aux fers, mourante par ta rage.
Sans te reprocher rien, je devrois me venger,
T'accabler... Je devrois...

(Il veut avancer sur Danaus, Hypermnestre étend les bras pour l'arrêter.)

Je tremble à l'affliger.
Elle respecte un nom qui te rend plus infâme.
Je l'adore... mais crains d'abuser de ma flamme ;
Frémis encor, tyran... Je ne te réponds pas...
Regarde tout ce peuple, il accourt sur mes pas ;
Je puis seul arrêter ou pousser sa furie.

HYPERMNESTRE.

Dieux !

LYNCÉE.

Rends-moi mon épouse, ou tremble pour ta vie.

HYPERMNESTRE.

Ah, Lyncée !

DANAUS.

A quel point m'abaissent les destins !
Défendez votre Roi, contenez ces mutins.

LYNCÉE.

Rends-la moi, dis-je.

HYPERMNESTRE.

Ciel!... ah, Lyncée! ah, mon pere!
Où vous emporte, ó Dieux, cette aveugle colere?
Dans cet affreux moment qu'osez-vous hazarder!

DANAUS.

Penses-tu me fléchir? & toi m'intimider?

LYNCÉE.

Quoi! ta rage, barbare...

HYPERMNESTRE.

O jour! ô sort horrible!

DANAUS.

Tu menaces en vain.

LYNCÉE.

C'est trop, monstre infléxible.
Délivrons Hypermnestre, amis, secondez-moi.
Tremble.

(*Le peuple s'avance, & s'arréte.*)

DANAUS.

Tremble toi-même, & d'un plus juste effroi;
Ou retiens tout ce peuple, ou voici ma victime.

(*Il leve le poignard sur sa fille.*)

LYNCÉE *désespéré.*

Cruel, arréte! ô Dieux! ô chere épouse! ô crime!

HYPERMNESTRE.

Ah! laisse-moi mourir, je cause trop d'horreur.

LYNCÉE.

O ciel!

DANAUS *le fer toujours levé.*

Je te le dis encor, crains ma fureur;
Fuis avec ces mutins, ou vois punir sur elle
Sa trahison, sa rage, & ce peuple infidele.

LYNCÉE *troublé.*

Où suis-je! ah, malheureux! (*le peuple fait un mouvement en avant.*) Un moment, chers amis,
Je crains votre secours, mes jours vous sont commis;
N'avancez pas, voyez mon désespoir extrême,

Regardez ce poignard levé sur ce que j'aime.
Ah ! tout mon sang se glace en cet affreux danger.
O Dieux ! je tiens ce fer, & ne puis me venger.
Ah, barbare !
(*On entend un nouveau bruit de sédition du côté du tyran.*

SCENE VII.

EGISTE, ET LES ACTEURS PRÉCÉDENS.

EGISTE.

Seigneur, cette porte est forcée,
Vous n'avez que la fuite, on couronne Lyncée.

(*Lyncée saisit cet instant de trouble, se précipite vers sa femme vers le devant du Théatre. Erox, avec le peuple, croise la garde du tyran, le désarme. Le tyran repoussé du côté opposé, se jette sur l'épée de son Confident. Erox l'arrête en lui tenant la pointe du fer sur la poitrine. Hypermnestre est dans les bras de Lyncée. Le tyran veut ranimer ses soldats, le peuple les met en fuite.*

LYNCÉE *s'élançant vers Hypermnestre.*

Echappe à ton tyran.

DANAUS *arrachant le fer d'Egiste.*

Secondez mes fureurs,
Soldats... C'en est donc fait, tu l'emportes, je meurs.

(*Il se tue.*)

HYPERMNESTRE *s'approchant de Danaus.*

Ah, mon pere !

DANAUS.

Ote-toi. Tu redoubles ma rage :
De ton indigne amour ma ruine est l'ouvrage.
J'ai voulu me venger d'Egyptus sur ses fils,
Je suppose un oracle, & toi tu l'accomplis.
Traitres, qui m'entourez ! vain courroux ! jour terrible !
O vengeance inutile ! ô destin trop horrible !
Egiste, entraine-moi de ces funestes lieux,
Je mourrois trop de fois expirant à leurs yeux.

(*On l'emmene.*)

SCENE VIII.

LYNCÉE, HYPERMNESTRE.

LYNCÉE *à Hypermneſtre, qui veut ſuivre ſon pere.*

Où vas-tu, chere épouſe ?

HYPERMNESTRE.

Ah! Lyncée, il expire;
Je ſuccombe à l'horreur que ce moment m'inſpire.

LYNCÉE *détachant les fers d'Hypermneſtre.*

Ah! du moins dans ce jour marqué par nos malheurs,
Aux mains de ton époux laiſſe eſſuyer tes pleurs.

SCENE IX & derniere.

LYNCÉE, HYPERMNESTRE, EROX *à la tête d'une troupe d'Argiens.*

EROX.

Seigneur, tout eſt calmé, les peuples vous demandent;
Vous entendez leurs cris, venez, ils vous attendent.
Hâtez-vous de répondre à leurs vœux les plus chers;
Argos vous doit un ſceptre, ayant briſé vos fers.

LYNCÉE.

Je te ſuis, cher Erox... Viens, hâtons-nous de rendre
Aux miens que j'ai perdus, ce qu'on doit à leur cendre.

FIN.

APPROBATION.

J'ai lu, par ordre de Monſeigneur le Chancelier, *Hypermneſtre*; & je crois que l'on peut en permettre l'impreſſion. Ce 5 Janvier 1759. CRÉBILLON.

www.ingramcontent.com/pod-product-compliance
Ingram Content Group UK Ltd.
Pitfield, Milton Keynes, MK11 3LW, UK
UKHW022144190726
13855UKWH00003B/1338